A

DE LAMARTINE

ODE

PAR ALPHONSE CALLIGÉ

AVOCAT

ANNECY

IMPRIMERIE J. DÉPOLLIER ET Cᵉ

—

1869

A DE LAMARTINE

À

DE LAMARTINE

ODE

PAR ALPHONSE CALLIGÉ

AVOCAT

ANNECY

IMPRIMERIE J. DÉPOLLIER ET Cᵉ

1869

A DE LAMARTINE

—⁂—

Le génie est l'aurore de Dieu.

Ainsi que des feuilles fanées
Fuyant aux vents glacés du nord,
Hélas! de l'homme les années
Tombent aux souffles de la mort;
Mais, du Temps perçant les nuages,
Le génie éclaire les âges,
Et, comme l'étoile de feu,
Guidant les voiles flagellées,
Son astre aux âmes consolées
Montre le port, et mène à Dieu!

Ta voix s'est tue, ô Lamartine !
Mais, de tes Méditations
Vibrera la langue divine,
Au sein des générations,
Ainsi que dans l'écho sauvage
Du torrent retentit l'orage ;
A ton lac mêlant leurs sanglots [1]
Les âmes pleureront Elvire,
Avec les accords de ta lyre,
Plus tristes que le cri des flots.

Interrogeant la vie humaine,
En un hymne de désespoir,
Au destin s'exhala ta haine [2] ;
Ton doux génie aimait le soir

[1] O lac ! l'année à peine a fini sa carrière,
Et près des flots chéris qu'elle devait revoir,
Regarde ! je viens seul m'asseoir sur cette pierre
    Où tu la vis s'asseoir !
               Le Lac.

[2] Quel crime avons-nous fait pour mériter de naître ?
L'insensible néant t'a-t-il demandé l'être ;
    Ou l'a-t-il accepté ?
              Le Désespoir.

Evoquer, dans ses rèveries,
De ton cœur les ombres chéries [1];
Et, lorsqu'en un chant immortel,
Vers Byron, fuyant la lumière [2],
Se tourna ta noble prière [3],
L'homme ému se souvint du ciel [4]!...

Assis à l'ombre du vieux chêne,
Souvent, en ton isolement [5],

[1] Ah! si c'est vous, ombres chéries!
Loin de la foule et loin du bruit,
Revenez ainsi, chaque nuit,
Vous mêler à mes rêveries.
Le Soir.

[2] Ton œil, comme Satan, a mesuré l'abîme,
Et ton âme, y plongeant loin du jour et de Dieu,
A dit à l'espérance un éternel adieu!

[3] Jette un cri vers le ciel, ô chantre des enfers!

[4] Borné dans sa nature, infini dans ses vœux,
L'homme est un Dieu tombé qui se souvient des cieux,
L'homme. — A lord Byron.

[5] Souvent sur la montagne, à l'ombre du vieux chêne,
Au coucher du soleil, tristement je m'assieds;
Je promène au hasard mes regards sur la plaine
Dont le tableau changeant se déroule à mes pieds,

Dans ta solitude sereine,
Tu vins mélancoliquement
Entendre la cloche rustique,
Versant, de sa flèche gothique,
Les accords mourant dans les bois [1],
Et sur le chemin de la vie,
A tes accents l'âme ravie
S'arrête et prie avec ta voix !

Aux ailes de ton espérance,
La mort, ouvrant la liberté,
T'arrache, dans ta délivrance,
Un hymne à l'immortalité [2] ;
Et, du corps secouant la poudre,
Tu vois le monde se dissoudre

[1] Cependant, s'élançant de la flèche gothique,
Un son religieux se répand dans les airs ;
Le voyageur s'arrête, et la cloche rustique,
Aux derniers bruits du jour, mêle de saints concerts.
L'Isolement.

[2] Je te salue, ô mort, Libérateur céleste !

Et s'évanouir sans effroi [1] ;
Mais sur l'universel naufrage
Tel l'aigle au-delà de l'orage,
Tu plane, appuyé sur la foi [2] !

Ton cœur brûla comme un cratère
Sous la lave des passions,
Dans le foyer de sa lumière
Du ciel concentrant les rayons [5] ;
Mais, hélas ! nouveau Prométhée !
La Muse, à ton âme indomptée
Lia son vautour, et tes pleurs
Crièrent l'hosanna sublime,

[1] Et, certain du retour de l'éternel aurore,
Sur les mondes détruits je t'attendrais encore !

[2] Oui, la raison se tait ; mais l'instinct vous répond.
L'Immortalité.

[5] Mais nous, pour embraser les âmes,
Il faut brûler, il faut ravir
Au ciel jaloux ses triples flammes.
Pour tout peindre il faut tout sentir.

Du génie ici bas victime,
Et coulèrent sur ses douleurs [1] !

Quand, précipité de son aire,
Bonaparte, sur un écueil
Abattit son vol solitaire;
Ployant, vaincu de son orgueil,
L'envergure continentale;
Quand mourut l'aigle impériale,
Lamartine, d'un vers vengeur
Tu vins poursuivre sa mémoire,

---

[1] Muse, contemple ta victime !
Ce n'est plus ce front inspiré,
Ce n'est plus ce regard sublime
Qui lançait un rayon sacré :
Sous ta dévorante influence,
A peine un reste d'existence
A ma jeunesse est échappé.
Mon front, que la pâleur efface,
Ne conserve plus que la trace
De la foudre qui m'a frappé.

L'Enthousiasme.

Et du sang flétrissant sa gloire [1],
Montrer l'ineffaçable horreur !

Sapho t'enseigna son délire [2],
Et tes accents harmonieux
Echos de sa plaintive lyre,
Retinrent les derniers adieux

[1] La gloire efface tout... tout, excepté le crime.

Comme pour effacer une tache livide,
On voyait sur son front passer sa main rapide ;
Mais la trace de sang sous son doigt renaissait :
Et, comme un sceau frappé par une main suprême,
La goutte ineffaçable, ainsi qu'un diadème
    Le couronnait de son forfait.

[2] L'aurore se levait, la mer battait la plage ;
Ainsi parla Sapho, debout sur le rivage ;
Et près d'elle, à genoux, les filles de Lesbos
Se penchaient sur l'abîme et contemplaient les flots ;
    Fatal rocher, profond abîme,
    Je vous aborde sans effroi !
Vous allez à Vénus dérober sa victime :
J'ai méconnu l'amour, l'amour punit mon crime.

                    Sapho.

De la malheureuse prêtresse
Que perdit Vénus vengeresse ;
Et ta voix chante tour-à-tour
L'enthousiasme qui t'embrase [1],
Et du chrétien mourant l'extase [2]
Au seuil du céleste séjour.

Quelle âme, secouant ses chaînes
Ne s'élève avec ton essor,
Et, de tes étoiles sereines [3]
N'aime à suivre les globes d'or,

[1] La foudre en mes veines circule :
Étonné du feu qui me brûle,
Je l'irrite en le combattant,
Et la lave de mon génie
Déborde en torrents d'harmonie,
Et me consume en s'échappant.
L'Enthousiasme.

[2] Prends ton vol, ô mon âme ! et dépouille tes chaînes.
Déposer le fardeau des misères humaines,
Est-ce donc là mourir ?
Le Chrétien mourant.

[3] Quel mortel enivré de leur chaste regard,
Laissant ses yeux flottants les fixer au hasard,

De leur lueur mystérieuse
Charmant la paupière rêveuse !
Lorsqu'au luth, glacé sous ses doigts,
Le poète, à sa dernière heure,
N'arrache qu'un accent qui pleure [1]
Quel sanglot ne coule à sa voix ?

Et cherchant le plus pur, parmi ce chœur suprême,
Ne l'a pas consacré du nom de ce qu'il aime ?

Les Etoiles.

[1] La coupe de mes jours s'est brisée encor pleine ;
Ma vie en longs soupirs s'enfuit à chaque haleine ;
Ni larmes, ni regrets ne peuvent l'arrêter ;
Et l'aile de la mort, sur l'airain qui me pleure,
En sons entre-coupés frappe ma dernière heure :
        Faut-il gémir ? faut-il chanter ?...
Chantons, puisque mes doigts sont encor sur la lyre ;
Chantons, puisque la mort, comme au cygne, m'inspire
Aux bords d'un autre monde un cri mélodieux.
. . . .
. . . Mais de la mort la main lourde et muette
Vient de toucher la corde ; elle se brise, et jette
Un son plaintif et sourd dans le vague des airs.
Mon luth glacé se tait... Ami, prenez le vôtre ;
Et que mon âme encor passe d'un monde à l'autre
        Au bruit de vos sacrés concerts !

Le Poète mourant.

De la trompette des alarmes [1]
Ecoutant les rauques concerts,
Tu vis, entre-choquant leurs armes,
Les guerriers vomir leurs éclairs,
Et tomber sanglants sur l'arène
Comme les épis dans la plaine
Sous la faux des bruns moissonneurs ;
Et sous le deuil de sa victoire [2],

[1] De quels sons belliqueux mon oreille est frappée !
C'est le cri du clairon, c'est la voix du coursier ;
    La corde de sang trempée
    Retentit comme l'épée
    Sur l'orbe du bouclier.

                    Les Préludes.

[2] Accourez maintenant, amis, épouses, mères ;
Venez compter vos fils, vos amants et vos frères ;
Venez sur ces débris disputer aux vautours
L'espoir de vos vieux ans, les fruits de vos amours.
Que de larmes sans fin, sur eux vont se répandre ;
Dans vos cités en deuil, que de cris vont s'entendre,
Avant qu'avec douleur la terre ait reproduit,
Misérables mortels ! ce qu'un jour a détruit !

                    Les Préludes.

Du héros effaçant la gloire,
Tu t'enfuis auprès des pasteurs [1] !

Là, comme l'oiseau, ton génie
Sous les bois abritant son vol,
Se trahit par son harmonie,
Et révèle le rossignol,
Des âmes charmant le silence,
Aux accents de sa confidence [2],
Lorsqu'éveillant les souvenirs [3]
Que Milly cache en ses collines,
Hélas ! pleurent sur des ruines
Tes sanglots avec tes soupirs !

[1] Mais mon œil attristé de ces sombres images
Se détourne en pleurant vers de plus doux rivages ;
Nas-tu point sur ta lyre un chant consolateur ?
N'as-tu pas entendu la flûte du pasteur ?

Les Préludes.

[2] *Les Confidences.*

[3] La vie à dispersé, comme l'épi sur l'aire,
Loin du champ paternel les enfants et la mère,
Et ce foyer chéri ressemble aux nids déserts
D'où l'hirondelle a fui pendant de longs hivers.

Tournant ton regard vers la Grèce
Tu vis Socrate, avec transport,
Dans ses fers dictant la sagesse
Boire la coupe de la mort[1],
Et de sa dernière parole
Tu nous a légué le symbole

Déjà l'herbe qui croît sur les dalles antiques
Efface autour des murs les sentiers domestiques,
Et le lien, flottant comme un manteau de deuil,
Couvre à demi la porte et rampe sur le seuil.

Milly, ou la terre natale. — Harmonies.

[1] Mais celui qui, touchant au terme qu'il implore,
Voit du jour éternel étinceler l'aurore,
Comme un rayon du soir remontant dans les cieux,
Exilé de leur sein, remonte au sein des dieux;
Et buvant à longs traits le nectar qui l'enivre,
Du jour de son trépas il commence de vivre!

.   .   .   .

Il dit; et vers la terre inclinant le calice,
Comme pour épargner un nectar précieux,
En versa seulement deux gouttes pour les dieux,
Et, de sa lèvre avide approchant le breuvage,
Le vida lentement sans changer de visage . . .

La Mort de Socrate.

Que dore l'immortalité,
Et d'Harold chantant le courage[1]
Tu pleuras sur l'attique plage
Le martyr de la liberté.

Comme l'étoile matinale
Pure, scintille en sa clarté,
Telle en son aurore idéale
Brille la vierge, et sa beauté,
Voit, ainsi que dans un mirage,
Luire en ta strophe son image[2];

---

[1] Gloire, honneur, liberté, grandeur, droit des humains,
Mort aux tyrans sacrés, égorgés par leurs mains,
Mépris des préjugés sous qui rampe la terre,
Secours aux opprimés, vengeance, et surtout guerre!
Ils vont, suivant partout l'errante liberté...
                    Le dernier chant du Pèlerinage d'Harold.

[2] Voyez, aux purs rayons de l'amour qui va naître,
        La vierge qui s'épanouit !
    .   .   .   .   .   .
    Partout où ce beau front rayonne,
    Un souffle d'amour environne
    Celle par qui l'homme est conçu.
                L'Humanité. Suite Jéhovah.

Dans son œuvre, ainsi Raphaël
Vit l'ange, abandonnant sa sphère,
Se poser avec sa lumière,
Et le chaste nimbe du ciel !

Avec la harpe des cantiques [1]
Vibrèrent tes tristes accords,
Et par leurs glas mélancoliques
Tournant nos pensers vers les Morts,
Appelèrent sur leur poussière
Notre gémissante prière [2],
Et sur les débris de nos cœurs [3]
Qu'un vent de la tombe moissonne,

---

[1] La Harpe des Cantiques. — *Harmonies.*

[2] C'est la saison où tout tombe
Aux coups redoublés des vents ;
Un vent qui vient de la tombe
Moissonne aussi les vivants. . .

[3] Ah ! vous pleurer est le bonheur suprème,
Mânes chéris de quiconque a des pleurs !
Vous oublier, c'est s'oublier soi-même :
N'êtes-vous pas un débris de nos cœurs ?
Pensée des morts. — Harmonies.

Ainsi que des feuilles d'automne,
Avec toi coulèrent nos pleurs !

Pur encens d'une urne divine,
Ta poésie à Jéhovah [1]
Comme un parfum, ô Lamartine !
De cette terre s'éleva !
Et, toujours ainsi que la flamme,
Vers le ciel se tourna ton âme ;
Et comme l'airain, de sa tour,
Répand dans l'air sa voix pieuse,
Ta strophe vibre, harmonieuse,
Echo de douleur et d'amour !

Des flots de la mer de Sorrente
Ton regret a gardé l'accord,
Et, comme eux, mélodieux chante,
De Graziella pleurant la mort [2] ;

[1] *Jéhovah ou l'idée de Dieu. — Harmonies.*

[2] Mais pourquoi m'entraîner vers ces scènes passées ?
Laissons le vent gémir et le flot murmurer

Comme dans l'éther l'alouette,
Ainsi dans sa haute retraite
Au monde cachant son bonheur,
Jocelyn prie avec Laurence
Et leur hymne d'amour s'élance
Au ciel avec le même cœur [1] !

Revenez, revenez, ô mes tristes pensées !
Je veux rêver, et non pleurer.

Le Premier regret. — Harmonies.

LAURENCE.

Qu'un seul souffle pour lui sorte de deux poitrines !
Qu'il nous fasse un seul sort ! qu'il nous cueille en commun !

MOI,

Et parfumons ses mains divines,
Comme sur un seul jet deux lis qui n'en font qu'un,
Qui n'ont dans le rocher que les mêmes racines,
Et qu'on cueille à la fois sur les mêmes collines .
Tout remplis du même parfum !

Des pleurs mouillaient nos voix ; je regardais Laurence,
Et longtemps nos esprits prièrent en silence !...

Jocelyn.

Comme d'Ossian le génie
Aimait, perdu dans leurs brouillards,
Des torrents ouïr l'harmonie,
Et ranimer à ses regards,
Dans leurs suaires de nuages
Des ombres les pâles images,
Tel, écoutant son cœur gémir,
Jocelyn avec sa pensée
Berce sa triste âme blessée,
Et meurt avec un souvenir [1] !

L'Orient de ses feux colore
Ton poème où, du ciel, Cédar
S'enfuyant, comme un météore,
Descend séduit par le regard,
Et la beauté d'une mortelle,
A sa vie enchaînant son aile [2];

[1] O mon Dieu ! congédie enfin ton serviteur !
Il tombe ! il a fini son œuvre de douleur !
Jocelyn.

[2] Un désir tout-puissant avait changé son être ;
Il était devenu ce qu'il eût tremblé d'être,

Et, tes sublimes visions,
Que traverse, expiant son crime,
Cédar, de son amour victime,
De l'ange ont gardé les rayons !

Du Liban les cèdres antiques,
Debout sur les empires morts [1],
Te murmurèrent leurs cantiques,
Et t'enseignèrent leurs accords,
Lorsque de Julia ta plainte,
Hélas ! pleura l'étoile éteinte [2] ;

Et, d'un terrestre corps et de sens revêtu,
D'une nature à l'autre il s'était abattu.
La Chute d'un ange.

[1] Dites quel jour des jours nos racines sont nées,
Rochers qui nous servez de base et d'aliments !
Chœur des cèdres du Liban. — Chute d'un ange.

[2] *Gethsemani ou la mort de Julia.*
Il a laissé tomber et perdu dans sa route
L'étoile de son œil, l'enfant qui sous sa voûte
Répandait la lumière et l'immortalité.
Vers écrits à Balbeck. — Voyage en Orient.

Et, de l'homme abaissant l'orgueil,
Dans la poussière, où de sa gloire
Tyr ensevelit la mémoire,
Au passé tu mêlas ton deuil !

Dans son altitude sereine,
Ton œil lisait dans l'avenir,
Des partis dominant la haine [1],
Et, ta muse en pleurs vint gémir
Sur les Girondins magnanimes,
De leurs vertus mourant victimes [2] !

[1] Il avait planté son drapeau en dehors des agitations éphémères et des rivalités stériles des partis; non sur le sol mouvant des passions et des préjugés, mais dans la vérité, dans la justice et dans l'intérêt permanent du pays.
PAUL DE SAINT-VICTOR.

[2] Distingués presque tous par leur éloquence, les Girondins dominèrent d'abord l'Assemblée et furent des plus ardents à faire proclamer la république; mais après les évènements du 10 août (1792) et les massacres de septembre, ils témoignèrent hautement leur horreur pour les excès populaires, condamnèrent le régime de la terreur et voulurent faire régner la modération. Dès ce moment, ils devinrent en butte à la haine du parti démagogique.

Dictionnaire universel d'histoire et de géographie, par Bouillet.

Traversant notre humanité,
Et la fange de notre terre,
Tu passas, gardant ta lumière [1],
Génie! et ta divinité!

De la France désemparée
Au sein des révolutions,
Tu pris la voile déchirée,
Et seul, contre les factions,
Ta voix, de la mer populaire,
Superbe, enchaîna la colère [2];

---

[1] Il déploya un courage à toute épreuve, une probité sans réserves, une grandeur sans souillures.

A. de Boissieu.

[2] Lorsque éclata la Révolution qu'il avait prédite sans la désirer, il se jeta dans la tourmente, corps et âme, pour la modérer. L'histoire fera plus tard une légende de sa lutte contre l'anarchie. Ce fut là le point suprème et culminant de sa vie. Ces marches de l'Hôtel-de-Ville d'où, sous l'éclair des baïonnettes, au bruit du tocsin et des coups de feu, affrontant les sabres agités contre sa poitrine, il haranguait une multitude en délire et foulait aux pieds son drapeau sanglant, voilà le piédestal d'où la

Mais un jour ton mât foudroyé
S'abattit, vaincu par l'orage,
Et la France, dans le naufrage ;
Laissa Lamartine oublié [1] !

Longtemps d'un courage héroïque
Il lutta, conjurant les flots,
Et, lorsque sa plainte tragique
Retentit avec ses sanglots,

postérité le contemplera. Jamais l'éloquence humaine n'opéra un plus grand miracle. Comme l'orateur grec, Lamartine haranguait la mer, et, plus puissant que lui, il fit reculer cette mer en fureur. A ce moment, on peut dire qu'il couvrait la France de son corps.

[1] La chute fut aussi rapide que l'élévation avait été triomphale : deux mois après, sa popularité s'engloutissait sous l'ingratitude du peuple et les ressentiments des partis. Les balles de Juin, au-devant désquelles il s'offrit sur les barricades, ne l'épargnèrent que pour le rejeter dans l'oubli.

Ce ne fut pas seulement sa vie qu'il dévoua, en 1848, à la chose publique : entré riche encore dans ce pouvoir d'un jour, il en sortit dépouillé.

PAUL DE SAINT-VICTOR.

Criant aide en sa défaillance,
Ah ! pleure ! pleure ! ingrate France !
Tu lui refusas ton secours [1] ;
Mais lorsque de ton crime honteuse,
Ta main se tendit généreuse,
Les flots avaient usé ses jours [2] !

Il n'est plus ! Sa lyre divine
A jeté son dernier accord !

---

[1] S'il eût le tort d'étaler à nu sa détresse, qui pourrait aujourd'hui le lui reprocher ? Il se présentait au public comme ces personnages tombés de l'ancienne Rome, qui dévoilaient en plein Forum, les cicatrices des blessures qu'ils avaient reçues en combattant pour le peuple. — L'injure et la moquerie poursuivirent le grand suppliant : Rome l'eut reconduit au Capitole, où il aurait pu jurer, comme Scipion, qu'il avait sauvé la patrie !

PAUL DE SAINT-VICTOR.

[2] Il jouit bien peu de journées d'un secours accordé trop tard. Il avait soixante et dix-huit ans, mais les luttes de ces derniers temps lui avaient fait les années doubles. Il ne résista pas à la maladie qui lui apportait la délivrance et la couronne.

A. DE BOISSIEU.

Sans souffle et sans voix, Lamartine
Gît dans le linceul de la mort,
Mais la tombe n'a pas son âme !
Au ciel de l'idéal sa flamme
Console encor de sa clarté
Les voiles errantes sur l'onde,
Et toujours, dans leur nuit profonde
Luit, phare d'immortalité !

Brises ! donnez-lui vos murmures !
Ruisseaux ! donnez-lui vos sanglots !
Saules ! penchez vos chevelures
Sur la couche de son repos !
Ames ! que son divin génie
Enivra de son harmonie,
Et dont il charma les douleurs,
Venez sur sa tombe adorée !
Poésie ! ô Muse sacrée !
Hélas ! ne taris plus tes pleurs !

9 mars 1869.

DU MÊME AUTEUR

Pensers et Rêveries. — Poésies.

www.ingramcontent.com/pod-product-compliance
Lightning Source LLC
Chambersburg PA
CBHW072300210626
46818CB00017B/1934